CATALOGUE (N° 172)

DE

LIVRES ET ESTAMPES

COSTUMES, CARICATURES

RECUEILS DE PORTRAITS

Albums de Vues de France & Étrangères

LITHOGRAPHIES DE DAUMIER, GAVARNI, ETC.

Faisant partie de la Collection de M. P...

DONT LA VENTE AURA LIEU

HÔTEL DES COMMISSAIRES-PRISEURS, RUE DROUOT

Salle n° 9

Le Lundi 19 Février 1900

à deux heures.

Par le Ministère de M° **Gaston CHARPENTIER**, Commissaire-Priseur
Rue des Martyrs, n° 22.

Assisté de **M. DUPONT Aîné**, Marchand d'Estampes, Rue de Seine, n° 15.

Paris. — 1900.

CONDITIONS DE LA VENTE

Elle sera faite au comptant.

Les acquéreurs paieront 5 % en sus des enchères.

L'ordre du Catalogue sera suivi.

La plupart des livres de cette collection :
Ouvrages historiques et biographiques avec nombreux portraits, Albums de voyages et description de pays, ornés de vues pittoresques, Albums de caricatures, de costumes et autres sujets divers proviennent des Ventes faites il y a quarante ans par Messieurs Defer, Clément, Vignères et autres.

Ces livres n'étant pas sortis des mains de leur propriétaire et étant rares dans les ventes actuelles demandent l'attention des collectionneurs.

DÉSIGNATION

1 — **Amérique**. Recueil d'Estampes représentant les différents
événements de la guerre qui a procuré l'indépendance aux
Etats-Unis de l'Amérique, gravées par Ponce, in-4. Cahier
de seize pièces, toutes marges.

2 — **Antiquités grecques**. Effigies virorum ac fœminarum
illustrium. Lugdini Batavorum sumpt. Petri Van der Aa,
in-fol. 1 vol. in-fol., rel. v., tr. rouge, contenant trois
cents portraits.

3 — **Antiquités romaines**. Le grand Cabinet romain, ou
Recueil d'antiquités que l'on trouve à Rome, avec les
explications de Michel-Ange de la Chausse. A Amsterdam, chez François l'Honoré et Zacharie Chastelain, 1706,
in-fol. 1 vol. cart., fig.

4 — **Armengaud**. Les Galeries publiques de l'Europe. Rome.
Paris, J. Clayé, 1856, in-fol. 3 vol. br., figures sur bois.

5 — **Armoiries**. Ecussons armoriés, publiés en Italie, in-4.
1 vol. cart. contenant cinquante planches.

6 — **Baltard**. Lettres ou Voyage pittoresque dans les Alpes ;
suivi d'un Recueil de vues de monuments antiques de
Rome, grand in-8. 1 vol. demi-rel. contenant quarante-
huit planches gravées au lavis.

7 — **Belgique**. Evénements de la Révolution de Bruxelles
et d'Anvers en septembre 1830, par Lauters, in-4. 1 album
contenant cinquante-sept lithographies.

8 — **Bernardin de Saint-Pierre**. Paul et Virginie, dessins par de la Charlerie. Paris, Lemerre, 1868, in-4. 1 vol.
cart. toile, non rogné.

9 — **Bida** et **Barbot**. Vues d'Egypte, in-fol. Cinquante planches lithographiées.

10 — **Bignon** (F.). Les Portraictz au naturel avec les armoiries et blasons de Messieurs les Plénipotentiaires assem-
blés à Munster. A Paris, 1648, in-4. 1 vol. demi-rel.

11 — **Blanc** (Louis). Histoire de la Révolution française, illustrée d'environ 600 gravures, dessins de M. de la Charlerie. Paris, Docks de la librairie, in-4. 6 vol. br.

12 — **Bloémart** (Abr.). La Forest des Hermites et hermitesses d'Egypte et de la Palestine, gravés par Bolswert. A Anvers, 1619, in-8. 1 vol. rel. parchemin.

13 — **Boissevin**. Portraits des Rois de France depuis Pharamond jusqu'au roi Louis XIV, in-4. 1 vol. rel. parchemin, contenant soixante-quatorze planches

14 — **Bonneville**. Portraits des personnages célèbres de la Révolution, par Fr. Bonneville, avec Tableau historique et notices de P. Quénard. Paris, 1796, in-4. 4 vol. cart. non rognés, contenant deux cents portraits.

15 — **Boret** (A. de). Almanach de la Société des aquafortistes, 1865, in-4. 1 album cart. contenant treize planches.

16 — **Bretagne**. Album breton ; collection de vingt gravures sur chine avant la lettre. W. Coquebert, éditeur, 1846, in-4 obl. 1 vol. cart.

17 — **Challamel** (A.) et **Fourmois**. Les plus jolis tableaux de l'Ecole flamande lithographiés par Léon Noël et autres. — Album pittoresque, par Th. Fourmois ; in-4. 2 albums cart.

18 — **Chapuy**. Vues pittoresques des cathédrales de France, avec texte par divers ; in-4. 2 vol. demi-rel. chag., planches lithographiées.

19 — **Chronologie**. Portraits des plus illustres papes, empereurs, rois, princes et grands capitaines au nombre d'environ 600, avec de courtes explications par le sr Constance de la Rivière. Lugdini Batavorum, in-fol. 1 vol. cart.

20 — **Clisson**. Voyage pittoresque dans le bocage de la Vendée ou Vues de Clisson et de ses environs dessinées d'après nature par Thiénon et gravées à l'aquatinte par Piringer. Paris, F. Didot l'aîné, 1817, in-4. 1 vol. rel. v.

21 — **Colny, Couché** et **Marillier** Suite de douze vignettes pour les *Métamorphoses* d'Ovide in-18, avant la lettre. — Suite de vingt-cinq vignettes pour l'*Iliade* d'Homère. Deux suites à toutes marges.

22 — Colart. Histoire de France méthodique, avec texte et 75 gravures sur acier, employée pour l'éducation des Enfants de France. Paris, Gosselin, 1836, in-8 obl. 1 vol. relié v., non rogné.

23 — Costumes. Raccolta di costumi napolitani disegnati e colorati dai Signori Cuciniello Bianchi. In Napoli, 1829, in-4. 1 vol. cart. contenant trente-six planches coloriées.

24 — Costumes. Royaume des Deux-Siciles, costumes dessinés sur les lieux par Sgroppo. A Paris, chez Marino, sans date, in-4. 1 vol. demi-rel. chag. contenant cent pièces coloriées.

25 — Costumes civils et militaires de la monarchie française, depuis 1200 jusqu'en 1820, lithographiés par Hipp. Lecomte, in-4. 3 vol. demi-rel. v. contenant trois cent quatre-vingts planches, la plupart coloriées.

26 — Costumes. Collection complète des costumes de la Cour de Rome et des Ordres religieux des deux sexes. Paris, Carré-Michels 1856, in-4. 1 vol. demi-rel. contenant quatre-vingts planches coloriées.

27 — Costumes. Recueil de Trente croquis lithographiés représentant des scènes et costumes russes. A Paris, chez Engelmann, 1821, in-fol. Vingt-six pièces (manquent quatre planches).

28 — Daret. Portraits de personnages célèbres, in-8. 1 vol. cart. contenant cent treize portraits; mouillures et déchir.

29 — Daumier (H.). Mœurs conjugales; suite de soixante lithographies. 1 album demi-rel.

30 — Daumier. Les Robert-Macaire; suite de vingt-huit sujets. 1 vol. demi-rel.

31 — Daumier et Plattel. Croquis d'expressions. Trente-sept planches coloriées en 1 album demi-rel.

32 — Dauphiné. Album du Dauphiné, ou Recueil de dessins représentant les sites les plus pittoresques. Ouvrage accompagné d'un texte par MM. Cassien et Debelle. Grenoble, chez Prudhomme, 1835, in-4. Quatre années en 2 vol. demi-rel.

33 — Décembre-Alonnier. Dictionnaire populaire illustré d'Histoire et de Géographie; 600 illustrations gravées sur bois par Trichon. Paris, 1866, in-4. 3 vol. br.

34 — Diepenbeck. Temple des Muses, ou Collection des sujets les plus intéressants de la mythologie A Paris, chez Gail, 1795, in-4. 1 vol cart., planches gravées sur cuivre.

35 — Diguet (Charles). Les Jolies Femmes de Paris ; vingt eaux-fortes par Martial. Paris, 1870, in-4. 1 vol. maroq. jans., dos et coins, non rogné.

36 — Doges de Venise. Ducalis regiæ lararium sive Ser. Reipu. Veneta, principum omnium icones usque. 1659, in-4. 1 vol. cart.

37 — Dutertre. Portraits des Officiers supérieurs et membres de l'Expédition d'Egypte, gravés à l'eau-forte, in-4. 2 vol. demi-rel. contenant cent soixante-trois portraits.

38 — Espagne. Don Carlos et ses défenseurs, par M. Isidore Magués. Paris, chez Toussaint, 1837, in-4. 1 vol. cart. contenant vingt portraits avant la lettre sur chine.

39 — Figuier (Louis). Vies des savants illustres depuis l'antiquité jusqu'au XIXe siècle. Paris, Hachette, in-8. 5 vol. br., figures sur bois.

40 — Frémy. Croquis de portraits des personnages les plus remarquables dans tous les genres. Paris, 1815, in-18. — Galerie historique universelle ; portraits gravés au trait. Ensemble 3 vol. cart. et rel.

41 — Galerie françoise ou Portraits des hommes et des femmes célèbres qui ont paru en France, gravés en taille-douce sous la conduite de M. Restout, peintre, avec un abrégé de leur vie. A Paris, chez Hérissart le fils, 1771, in-fol. 1 vol. rel. v., tr. rouge.

42 — Galerie française ou Collection de portraits des hommes et des femmes qui ont illustré la France dans les XVIe, XVIIe et XVIIIe siècles, avec des notices et des fac-similé. Paris, de l'imprimerie Firmin-Didot, 1821, in-4. 3 vol. demi-rel. v., non rogné, planches lithographiées

43 — Garavaglia et autres. Vite et ritratti de cento uomini illustri. Padoua, Tipografia delle Minerva, 1822, in-fol. Vingt-cinq fascicules avec portrait.

44 — Gavarni. Les Débardeurs ; suite de soixante-six pièces. 1 album demi-rel.

45 — **Gavarni**. Les Enfants terribles. 1re série ; cinquante sujets. 1 album demi-rel.

46 — **Gavarni**. Souvenir du Bal Chicard. Suite de vingt pièces en 1 album demi-rel.

47 — **Gavarni**. Les Plaisirs champêtres ; suite de six pièces. — Le Chevalier de Nogaroulet ; suite de six pièces. — Revers des médailles ; suite de trois pièces. — Interjections ; suite de quatre pièces. — Industrie des enfants : une pièce. — Des Phrases ; suite de quatre pièces. — Les Rêves ; suite de six pièces. — La Politique ; suite de neuf pièces. Ensemble trente-neuf pièces en 1 album demi-rel.

48 — **Gavarni**, **Vernier** et **Daumier**. Paris le soir. — Les Grisettes. — Pastorales. 1 album contenant quarante planches coloriées.

49 — **Gravelot**. Suite de trente-quatre vignettes pour les Œuvres de P. Corneille, in-8. Très belles épreuves avec cadres, toutes marges.

50 — **Guesdou** (A.). L'Italie à vol d'oiseau, grand in-fol. 1 vol. demi-rel. contenant quarante-deux lithographies.

51 — **Guide pittoresque** du voyageur en France orné de 740 vignettes et portraits gravés sur acier et 86 cartes des départements. Paris, Firmin-Didot frères, 1838, in-12. 6 vol. demi-rel. chag.

52 — **Guienne**. Atlas de la Guienne historique et monumentale, in-4. 2 albums cart. contenant cent soixante-cinq planches lithographiées.

53 — **Helman**. Abrégé historique des principaux traits de la vie de Confucius, orné de 24 estampes d'après les dessins originaux envoyés à Paris par le P. Amyot. A Paris, chez l'auteur, in-4. 1 vol. en feuilles, texte gravé.

54 — **Homère**. Galleria Omerica o raccolta di monumenti antichi de l'Iliade et de l'Odyssée. Poligrafia Fiesolana, 1729, in-12. 2 vol. demi-rel. v., figures en noir et en couleurs.

55 — **Isabey** (I.). Voyage en Italie, par Isabey en 1822, in-fol. 1 vol. cart. non rogné contenant trente lithographies originales.

56 — **Isabey**. Voyage en Italie. Vingt-sept pièces. Manquent les nos 2, 11 et 21.

57 — **Italie**. Memorie istoriche di litterati Ferrares opera postuma di Giannandrea Barotti. In Ferrara, 1777, in-fol. 1 vol. rel. v., tr. rouge, contenant trente portraits et fleurons.

58 — **Italie**. Voyage pittoresque au Nord de l'Italie, in-fol. 1 v. cart. contenant quarante-deux vues gravées au lavis.

59 — **Jolimont** (de). Les Mausolées français ou Recueil des Mausolées les plus remarquables élevés dans les nouveaux cimetières de Paris. De l'imprimerie de Firmin-Didot, 1821, in-4, 1 vol. br. contenant cinquante planches litho-graphiées.

60 — **Jollivet** (J.). Collection de portraits de Conseillers d'Etat, avocats à la Cour de cassation, Juges aux diverses Cours impériales de France, etc., dessinés d'après nature vers 1852, in-8. Soixante-dix-huit dessins à la mine de plomb, signés.

61 — **Kilian** et autres. Der Neapolitanischen Konig. Augus-tæ Vindel., 1624. — Serenissimorum Saxonia Electorum, à Wolfg. Kiliano, 1624. — Tirolensium Principum comi-tum, 1229-1623, par Kilian. — Icones Prophetarum veteris Testamenti à Joanne Stradano. Antuerpiæ, 1613. — Por-traits de Jésuites. — Illustrium Galliæ Belgicæ scriptorum icones et élogia. Antuerpiæ, 1608. — Proverbes. Ensemble trois cent quatre planches en 1 vol. in-fol. relié parchemin.

62 — **Lachatre** (Maurice). Histoire des Papes, Rois, Reines, Empereurs à travers les siècles. Paris, sans date, grand in-8, 3 vol. demi-rel. chagr.

63 — **Landon**. Galerie historique des hommes les plus cé-lèbres, avec leurs portraits gravés au trait. Paris, 1805, in-18. 15 vol. rel. v.

64 — **Larmessin** (de). Les Augustes représentations de tous les Rois de France depuis Pharamond jusqu'à Louis XIV. A Paris, chez la veuve Bertrand, 1679. 1 vol. rel. v. con-tenant soixante-quatre portraits.

65 — **Larmessin** et autres. Académie des Sciences et des Arts, contenant les Vies des Hommes illustres avec leurs por-traits tirés des originaux au naturel par Isaac Bullart. Paris, chez Louis Bilaine, 1682, in-fol. 2 vol. rel. v.

66 — **Lelong** (le Père). Liste générale et alphabétique des Portraits gravés de français et françaises illustres, jusqu'en l'année 1775. Paris, chez De Bure, 1809, in-fol. 1 vol. cart. non rogné et interfolié. Exemplaire de De Bure.

67 — **Lutgendorf**. Portraits gravés en silhouettes. 1786, in-8.
1 vol. relié satin contenant vingt-sept planches.

68 — **Madou**. Vie de Napoléon rédigée par une Société de
Gens de lettres, ouvrage orné de planches lithographiées,
par Madou. Bruxelles 1827, in-4 obl. 2 vol. cart. contenant ensemble cent quarante-quatre planches.

69 — **Madou** et **Saint-Aulaire**. Étrennes pittoresques. 40
rébus lithographiés d'après les dessins de Madou, publiés
par Dero-Becker, in-4. — Voyage pittoresque à travers le
Monde, publié par Aubert, in-4. — Ensemble 2 albums
cart.

70 — **Magasin pittoresque**, du commencement, 1833, à
avril 1861. 17 vol. demi-rel. de deux couleurs et 11 vol.
en livraisons, plus 3 livraisons.

71 — **Malte**. Histoire des Chevaliers hospitaliers de S. Jean
de Jérusalem, par M. l'abbé de Vertot, avec portraits
gravés par L. Cars. A Paris, chez Rollin, Quillau et De-
saint, 1726, in-4. 4 vol. rel. v.

72 — **Mantuan** (le). Les Sibylles et les prophètes d'après
Michel-Ange ; quarante planches in-8. — Antiquarum
statuarum urbis Romae icones. Romae, 1584 ; soixante et
onze planches in-4. — Ensemble 2 vol. cart.

73 — **Mariette** (chez Pierre). L'Ancien et le Nouveau Tes-
ment mis en figures, in-8 obl. 1 album rel. v., contenant
deux cent trente-trois planches.

74 — **Marillier**. Suite de vingt-quatre vignettes et un portrait pour les *Aventures de Télémaque*. In-8. Très belles
épreuves avant la lettre, toutes marges.

75 — **Marillier**. Les Illustres français, par Ponce, in-4.
Quatre-vingt-dix-huit pièces ; quelques doubles.

76 — **Milan**. Vues de Milan et des environs gravées et im-
primées en couleurs, in-fol. obl. 1 album contenant dix-
neuf planches.

77 — **Monnier** (Henry). Suite de trente-trois vignettes pour
les Chansons de Béranger, in-12. Très belles épreuves
coloriées, toutes marges.

78 — **Moreau le jeune**. Discours sur l'Histoire de France
(avec figures de Moreau le jeune), par M. ***. A Paris, de
l'Imprimerie de Monsieur, 1790, in-4. 1 vol. rel. v., fil.,
tr. marb.

79 — **Myris** (S. D.). Histoire de la République Romaine depuis sa fondation jusqu'au règne d'Auguste en cent quatre-vingt-une gravures en taille-douce. A Paris, chez Stone, 1810, in-4. 1 vol. demi-rel. maroq., dos et coins, tr. dorée.

80 — **Naples** Vues des Monuments antiques de Naples, gravées à l'aquatinta, accompagnées de notices par J.-M. Le Riche. Paris, Bruère, 1827, in-4. 1 vol. cart., non rogné, contenant soixante planches.

81 — **Naples**. Souvenirs du Golfe de Naples, dédiés à S. A. R. Madame, duchesse de Berry, par le Comte Turpin de Crissé. Paris, 1828, in-fol. 1 vol. en feuilles, contenant cinquante planches.

82 — **Napoléon**. Relation de la Bataille de Marengo gagnée le 25 prairial an 8, rédigée par le général Alex. Berthier. A Paris, de l'Imprimerie impériale, 1806, in-4. 1 vol. rel. v. aux armes ; planches.

83 — **Napoléon**. La Colonne de la Grande Armée d'Austerlitz ou de la Victoire, accompagnée de 36 planches. Paris, chez Ambroise Tardieu, 1822, in-4. 1 album dem.-rel.

84 — **Napoléon**. L'Arc de Triomphe ; dédié aux illustrations des Armées françaises, par Stéphen de la Madeleine, avec portraits lithographiés par Llanta. Paris 1842, in-8. — — L'Arc de Triomphe, contenant les biographies des guerriers inscrits sur le monument de l'Etoile, sous la direction de J. L. Belin ; portraits lithographiés par Llanta et Maurin. Tome II. Paris, 1845, in-8. Ensemble 2 vol. br.

85 — **Nimes**. Histoire et description par D. Nisard. Paris, chez Desenne, 1835, in-4. 1 vol. cart., planches avant la lettre sur Chine.

86 — **Normandie**. Poëtes normands, portraits gravés par Charles Devrits, publiés sous la direction de L. H. Baratte. Paris, Amédé Bédelet, in-8. 1 vol. br.

87 — **Normandie**. Album de la Revue archéologique du département de la Manche, dessiné et lithographié par Th. du Moncel. Valognes, 1843. — Vues de Dieppe et de ses environs, dix-sept lithographies coloriées. Ensemble 2 alb. obl. in-4, cart.

88 — **Odieuvre**. Recueil des Portraits des Hommes illustres dont il est fait mention dans l'Histoire de France commencée par MM. Velly et Villaret, et continuée par l'abbé Garnier. A Paris, chez Nyon l'aîné, 1786, in-4. 2 vol. cart.

89 — **Périgueux**. Le Vieux Périgueux ; album de vingt gravures à l'eau-forte, par L. Gaucherel et G. de Verneilh. Paris et Bordeaux, 1867, in-fol. Exemplaire en feuilles dans un carton.

90 — **Perrault**. Les Hommes illustres qui ont paru en France pendant ce siècle, avec leurs portraits au naturel. A Paris, chez Antoine Dezallier, 1696, in-fol. 2 vol. rel. v. contenant cent portraits en très belles épreuves.

91 — **Picart le romain**. Images des héros et des Grands hommes de l'Antiquité, dessinées sur des médailles, par Jean-Ange Canini. A Amsterdam, 1731, in-4. 1 vol. rel. v., tr. dorée.

92 — **Pool** (M.). Portraits des Hommes illustres, tant du siècle présent que de plusieurs siècles passés. A Leide, chez Corneille Haak 1757, in-fol. 1 vol. cart.

93 — **Portraits** de Philosophes et savants médecins, publiés par Sambuci. Amsterdam, 1615, in-fol. 1 vol. rel. v. contenant soixante-sept portraits. (Manquent quatre pièces).

94 — **Portraits**. Elogii d'huomini letterati scritti da Lorenzo Crasso. In Venetia, 1666, in-4. 2 vol. cart.

95 — **Portraits**. Historia Augusta imperatorum Romanorum a C. Julio Cæsare usque ad Joséphum imperatorem. Amstelædami, Stephanum Roger, 1710, in-fol. 1 vol. rel. v. contenant cent vingt-cinq portraits.

96 — **Portraits** par Montcornet et autres, in-8. 1 vol. rel. v., contenant cent trente-huit planches.

97 — **Portraits**. Biographie des Hommes du jour, par Germain Sarrut et B. Saint-Edme, avec portraits lithographiés. Paris, Henri Krabe, 1835, in-4. 4 tomes en 8 vol., demi-rel. v.

98 — **Portraits**. Galerie des Dames françaises distinguées dans les Lettres et dans les Arts ; collection de quarante portraits gravés au burin. Paris, Dussillon, in-12. 1 vol. cart.

99 — **Portraits**. Plutarque françois ; collection de portraits en pied gravés sur cuivre, avec notices, grand in-8. 1 fort vol. br., figures en noir et coloriées.

100 — **Portraits** et histoire des Hommes utiles de tous pays et de toutes conditions, publiés et propagés par la Société Montyon et Franklin, 1833-1840, in-8. 3 vol. demi-rel. chagr.

101 — **Portugal**. Philippus prudens, Caroli V. imp. filius lusitaniæ Algarbiæ, indiæ rex, a D. Johanne Caramuel Lobkowitz religioso ord. Cister. Antuerpiæ ex off. Plantiniana, 1639, in-fol. 1 vol. rel. parchemin.

102 — **Portugal**. Souvenirs du Portugal, par le colonel Dubreuil, 1834, in-4. 1 vol. demi-rel. contenant cinquante-six portraits lithographiés.

103 — **Provins**. Vues de Provins, dessinées et lithographiées en 1822 par plusieurs artistes, avec un texte par M. D... Paris, Gide, 1822, in-4. 1 vol. demi-rel. non rogné, contenant trente-six lithographies sur chine.

104 — **Raffet**. Vignettes et portraits pour le Consulat et l'Empire. Paris, Furne et Cie, 1845 ; in-8. Trente livraisons.

105 — **Raffet** et **Cham**. Histoire de Napoléon, par M. de Norvins, 22e édition. Paris, de Gonet, 1854, in-4. — Assemblée nationale comique, par Auguste Lireux. Paris, Michel Lévy, 1850, in-8. 2 vol. demi-rel.

106 — **Régnier** et **Champin**. Habitations des personnages les plus célèbres de France depuis 1790 jusqu'à nos jours, dessinées d'après nature, in-4 obl. 1 album cart. contenant cent vues lithographiées, sur papier de chine.

107 — **Rennes**. Album breton. Souvenirs de Rennes, soixante-deux vues dessinées d'après nature et lithographiées par H. Lorette, notice par M. Ducrest de Villeneuve. Lithogr. Landais à Rennes, in-4. 1 vol. cart. toile.

108 — **Revue comique** à l'usage des gens sérieux, novembre 1848 à décembre 1849. Paris, Dumineray, in-4. 2 vol. br. — Histoire de la Révolution de 1848, par Garnier-Pagès. Paris, Degorce-Cadot, in-4. 2 vol. demi-rel. Ensemble 4 vol.

109 — **Riou** et Eug. **Cicéri**. Voyage pittoresque à travers l'Isthme de Suez, par Marius Fontane, avec vingt-cinq grandes aquarelles d'après nature. Paris, Paul Dupont, sans date, grand in-fol. 1 vol. demi-rel. chag.

110 — **Roger** (B.). Collection de vingt portraits du siècle de Louis XIV. Paris, J. J. Blaise, 1818, in-12. 1 vol. br.

111 — **Rome**. Raccolta delle più belle vedute antiche e moderne di Roma designate ed incise da Giuseppe Vasi. In Roma, 1815, in-fol. obl. 2 albums rel. v. contenant deux cent onze vues coloriées.

112 — **Rome**. Nuovo raccolta de 170 vedutine antiche della citta di Roma, incise da Domenico Fronti, in-4. 2 tomes en 1 vol. demi-rel. — Vedute antiche e moderne le più interessanti della città di Roma, in numero 100. Presso V. Monaldini, in-4. 1 vol. cart.

113 — **Rome**. Vedute principali e più interessanti di Roma, incise da Gio. Bat. Cipriani, 1799, in-8.— Vues de Rome par Cipriani; cinquante planches à 4 sujets, in-4. — Raccolta di 80 vedute di Roma. Chez Tommaso Cuccioni, in-4. Ensemble 3 vol. cart. et br.

114 — **Roqueplan** (C.). Sujets divers lithographiés. Treize pièces.

115 — **Salon de 1881**.Album artistique et biographique du Salon de 1881. E. Francfort, éditeur, in-fol. 2 vol. obl. cart. toile, tr. dorée, contenant quatre-vingts photographies.

116 — **Savoie**. Augustæ regiæque Sabaudæ domus arbor gentilitia regiæ celsitudini Victori Amedeo II ; ab autore Francisco Maria Ferrero a Labriano. Augustæ Taurinorum, 1702, in-fol. 1 vol. rel. v. contenant trente-trois portraits.

117 — **Shakespeare**. The Shakespeare ballads illuminated, in-4. 1 album cart., texte et figures en couleurs.

118 **Silvestre** (Th.). Histoire des artistes vivants, français et étrangers. Paris, Blanchard, 1856, in-8. 2 vol. br. contenant ensemble vingt et un portraits.

119 — **Suisse**. Vues de Suisse gravées et lithographiées par divers artistes, in-4 obl. 1 album cart. contenant soixante-dix planches coloriées.

120 — **Suisse**. La Suisse pittoresque, par William Beattie, ornée de vues dessinées spécialement pour cet ouvrage, par W.-H. Bartlett. Londres, chez Virtue, sans date, in-4. Exemplaire en feuilles dans son cartonnage.

121 — **Suisse**. Alpes pittoresques ; description de la Suisse par MM. le marquis de Chateauvieux et autres, ornées de vues et cartes gravées sur acier ; publiée sous la direction de M. le Vᵗᵉ Alcide de Forestier. Paris, chez Delloye, 1837, in-4. 2 vol. demi-rel. chag.

122 — Suisse. La Suisse historique et pittoresque ; description de ses 22 cantons ; ornée de jolies vues gravées sur acier. Paris, Didier, 1853, in-4. — Atlas et itinéraire de la Suisse, dressé par Ch. Devotenay, Paris, Delloye, 1837, in-4. Ensemble 2 vol. cart.

123 — Swébach. Souvenirs de la Russie ; lithographies in-8. Suite de douze pièces, avec la couverture.

124 — Tableaux. Selections from the Dulwich Gallery, par H. Cockburn, in-4. 1 vol. rel. maroq., tr. dorée, contenant douze planches en couleurs.

125 — Taylor (J.). Voyage pittoresque en Espagne, en Portugal et sur la côte d'Afrique. Paris, Gide fils, 1826, in-4. 1 vol. en feuilles, planches gravées sur acier.

126 — Ternisien d'Haudricourt. Fastes de la Nation française et des Puissances alliées, ou Tableaux pittoresques gravés par d'habiles artistes, accompagnés d'un texte explicatif. Paris, 1811, in-4. 1 vol. en feuilles contenant cent vingt planches.

127 — Thévet. Les vrais pourtraits et vies des hommes illustres grecs, latins et payens, recueillis par André Thévet, angoumoisin. A Paris, par la veuve Kervert et Guillaume Chaudière, 1584, in-fol. 1 fort vol., rel. v., doré sur tr., avec les portraits en très belles épreuves.

128 — Touchatout. Le Trombinoscope, dessins de G. Lafosse, in-8. 3 vol., demi-rel.

129 — Toulouse. Toulouse monumental et pittoresque, par J.-M. Cayla et Cléobule Paul. Toulouse, librairie J.-B. Paya, in-5, 1 vol. demi-rel., planches lithographiées.

130 — Touraine. Souvenirs de la Touraine par A. Noël, peintre. Paris, Leblanc, 1834, in-4. 1 vol. demi-rel., non rogné. Cinquante lithographies.

131 — Tyrol. Trente et Inspruck, par Frédéric Mercey. Paris, Desenne, 1842, in-8. 1 vol. demi-rel. chag. avec les planches avant la lettre sur Chine.

132 — Venise. Il Canal grande di Venezia descritto da Antonio Quadri, rilevate ed incise da Dionisio Moretti. Venezia, 1831, in-fol. obl. 1 album cart., contenant quarante-sept planches coloriées.

133 — **Venise**. Recueil de vues de Venise, par Zucchi et autres, trente-cinq planches, in-4. — Vedute di Venezia. Presso editore Eugenio Testolini, avec treize planches coloriées. — Album des principales vues de Venise. Presso P. Ripamonti Carpano ; treize planches in-4, 3 vol. obl. cart. et rel.

134 — **Versailles**. Recueil des figures, groupes, thermes, fontaines, vases et autres ornements, tels qu'ils se voient dans le Château et Parc de Versailles, gravés par Simon Thomassin, 1694, in-12. 1 vol. rel. v., contenant deux cent dix-huit figures.

135 — **Vichy**. Vichy-Sévigné, Vichy-Napoléon, ses eaux, ses embellissements, par Albéric Second, dessins par Hubert Clerget, gravés sur bois. Paris, Henri Plon, in-fol. obl. 1 album cart. toile, tr. dorée.

136 — **Vie des Peintres**. Abrégé de la vie des plus fameux peintres avec leurs portraits gravés en taille-douce, par M. *** de l'Académie royale des Sciences de Montpellier. A Paris, chez De Bure l'aîné, 1745, in-4. 2 vol. rel. v.

137 — **Vie des Peintres**. Abrégé de la vie des plus fameux peintres avec leurs portraits gravés en taille-douce, par M. *** des Sociétés royales des Sciences de Londres et de Montpellier. A Paris, chez De Bure l'aîné, 1762, in-12. — Vies des plus fameux architectes depuis la renaissance des arts, par M. D*** de l'Académie des Belles-lettres de La Rochelle. Paris, De Bure, 1787, in-12. — Ensemble 6 vol. rel. v.

138 — **Vignettes**. Suite de figures de Grégory pour les *Métamorphoses* d'Ovide. — Vignettes de Grandville pour *Don Quichotte*. — Entêtes de Gravelot pour la *Jérusalem délivrée*. Vignettes de Devéria pour les Œuvres de Crébillon. — Figures au trait pour les Œuvres de Racine. — Vignettes de Boucher et d'Eisen, réimpression. — Ens. cent quatre-vingt-huit pièces.

139 — **Villeneuve-Bargemont** (le vicomte de). Monuments des grands maîtres de l'Ordre de St-Jean de Jérusalem. Paris, Blaise, 1829. in-8. 5 vol. en feuilles, planches lithographiées.

140 — **Vues**. Baden und Seine umgebungen herausgebungen, von C. Frommel. Carlsruhe, sans date, in-4. 1 vol. demi-rel., figures sur acier.

141 — **Vues**. Album du Rhin, dessiné et gravé par Foltz. Mainz, Verlag von Joseph Halenza, in-4. — Vues de La Haye et de ses environs, planches lithographiées, in-4. Ensemble 2 vol. cart.

142 — **Vues**. Voyage pittoresque dans le Royaume des Pays-Bas, rédigé par M. de Cloet. Bruxelles, 1825, in-4 obl. 2 vol. br., planches en lithographie sur teinte.

143 — **Vues**. London intériors, with their Costumes & Ceremonies. Londres, sans date, in-4. — Devonshire illustrated in a series of views engraved on steel. London, Fisher Son & Cᵒ, 1832, in-4. 2 vol. cart.

144 — **Vues**. Collezione di cinquanta vedute della citta e contorni di Bologna, 1820. — Ricordo di Milano ; quatorze planches. — Torino, douze planches par Salathé, in-4. 3 albums obl. cart.

145 — **Vues**. Les Pyrénées illustrées, texte par Frédéric Soutras, dessins par Maxime Lalanne et Emile de Malbos. A Bagnères et à Tarbes, in-4. 1 vol. br., avec lithographies en noir et coloriées.

146 — **Vues**. Enghein et ses environs, par le Docteur de Puisaye. — Vues des environs de Bayonne et de St-Sébastien, lithographiées par Blanche Hennebutte. — Vues de Savoie, lithographiées par Deroy, in-4. Ensemble 3 albums cart.

147 — **Vues**. France illustrated. London, Fisher son et Cᵒ. — Vues de France lithographiées. — Atlas de géographie ancienne, moyen-âge et moderne, in-4. 3 vol. cart.

148 — **Divers**. Gemmæ et sculpturæ antiquæ. Amstelodami, 1685. — Deorum et Heroum, virorum et Mulierum illustrium imagines antiquæ. Amstelodami, 1715. — Illustrium Philosophorum et Sapientum effigies. Venetiis, 1583, in-4. 3 vol. rel.

149 — Recueils de portraits allemands et italiens anciens, in-4. 7 vol., figures sur cuivre et sur bois.

150 — Scènes historiques et portraits gravés en Allemagne, in-fol. 1 vol. cart. contenant trente estampes.

151 — Portraits et gravures diverses. Environ cent cinquante pièces.

152 — Estampes tirées de la Galerie du Duc d'Orléans au Palais-Royal, in-fol. Quarante-quatre pièces.

153 — Dessins : Eventail. — Paysages par Fleury-Chenu, etc. Vingt-et-un dessins au crayon et à l'encre de Chine.

154 — Photographies : Vues de France, d'Italie, etc., in-fol. Trente pièces.

155 — Le Journal illustré, 1864. — Tableau de Paris, par Edmond Texier, 1852. — Grand album de l'Exposition universelle de 1867, in-fol. Ensemble 4 vol. cart.

156 — La Science illustrée, 1875-1878, in-8. — Les Artisans illustres par Edouard Foucaud. Paris, 1841, in-8. — Journal Les Amis du peuple, 1858, 1859, in-4. — Célébrités du règne de Louis XIV, par Arthur de Seine, in-4. — Keep-sake des Hommes utiles. Paris, Lebrun, 1842, in-8. Ensemble 5 vol. demi-rel.

157 — Voyage en France, par Mme Amable Tastu. Tours, Mame et fils, in-4. — Histoires célèbres illustrées, in-4. — Vies des Saints. Delloye 1846, in-4. — L'Episcopat français au XIXe siècle, in-4. — Le Livre rouge ; histoire de l'Echafaud en France. Paris, 1863, in-fol. — Le Livre des Familles, en livraisons, in-4. — Ensemble 6 ouvrages rel. et br.

Grande Imprimerie du Centre. — Herbin, Montluçon.